AF332279

FRÉDÉRIC LACHÈVRE

LE
PETIT OEUVRE D'AMOUR

ET

GAIGE D'AMITIÉ

1537

EST-IL DE MAURICE SCÈVE ?

PARIS

L. GIRAUD-BADIN

LIBRAIRE DE LA BIBLIOTHÈQUE NATIONALE
ET DE LA BIBLIOTHÈQUE DE L'ARSENAL

128, BOULEVARD SAINT-GERMAIN, 128

1930

LE PETIT OEUVRE D'AMOUR
ET GAIGE D'AMITIÉ, 1557,
EST-IL DE MAURICE SCÈVE?

EXTRAIT

DU

BULLETIN DU BIBLIOPHILE

TIRÉ A 35 EXEMPLAIRES

FRÉDÉRIC LACHÈVRE

LE
PETIT OEUVRE D'AMOUR

ET

GAIGE D'AMITIÉ

1557

EST-IL DE MAURICE SCÈVE ?

PARIS

L. GIRAUD-BADIN

LIBRAIRE DE LA BIBLIOTHÈQUE NATIONALE
ET DE LA BIBLIOTHÈQUE DE L'ARSENAL

128, BOULEVARD SAINT-GERMAIN, 128

1930

LE PETIT ŒUVRE D'AMOUR
ET GAIGE D'AMITIÉ, 1537,
EST-IL DE MAURICE SCÈVE ?

En octobre 1926, la Bibliographie des ouvrages de Maurice Scève s'est enrichie d'une curieuse plaquette : *Le Petit Œuvre d'Amour, et Gaige d'amytié,* imprimée à Paris, en 1537. La mise au jour de ce recueil de vers, *sans nom d'auteur,* connu jusqu'ici par le seul témoignage de Du Verdier, est due au *Catalogue 484 d'Ecrivains français de 1470 à 1700,* de la librairie anglaise Maggs Bros, qui a une succursale à Paris. Il y figurait sous le n° 632 et au prix de £ 38 (4 900 francs environ).

Maurice Scève. *Le Petit Œuvre d'Amour, et Gaige d'amytié.* In-16. Maroquin cramoisi du levant.

On le vend à Paris, au Palays en la Gallerie comme on va a la Chancellerie en la bouticque de Jehan Longis. Et a l'image de S. Martin a la rue des lavandières par Jehan Barbedorge. M.D.XXXVII. 1537. Avec privilege (1).

(1) Le privilège accordé à Jehan Longis et à Jehan Barbedorge est donné pour deux ans et daté du 17 janvier 1537, il est signé I. I. de Mesmes.

Recueil de courts poèmes sur des sujets variés ; à la fin se lisent les devises :

« Ainsi ou non » et
« Non si, non la ».

La seconde est celle de Maurice Scève.

Cet important petit volume du xvie siècle ne fut longtemps connu des bibliographes que grâce à Du Verdier et Brunet (d'après Du Verdier).

Cet exemplaire, le seul cité, a été découvert et identifié par Prosper Blanchemain (suit un extrait de Tilley : *Littérature française de la Renaissance*).

L'attribution ci-dessus à Maurice Scève, faite sans réserve, coïncidait avec la remarquable publication des *Œuvres poétiques complètes de Maurice Scève...* (*Paris, Garnier frères*) due à l'érudit Bertrand Guégan. Ce dernier, sur la lecture du Cat. Maggs Bros, au moment où il donnait le Bon à tirer, ajouta à la suite des *Notes pour une vie de Maurice Scève* les lignes suivantes :

Au moment où nous mettons sous presse, on nous signale un recueil de vers intitulé : *Le Petit Œuvre d'Amour, et Gaige d'amytié...* que le rédacteur du Catalogue Maggs attribue à Maurice Scève. Nous développerons dans un article prochain les raisons pour lesquelles cette attribution ne saurait être maintenue.

Plus de trois années sont passées et la réfutation promise est toujours à venir. Pourquoi ? Nous l'ignorons. — Ceci est dit à seule fin qu'on ne nous accuse pas de nous substituer maladroitement à M. Bertrand Guégan.

Quelques semaines après la distribution du Catalogue Maggs Bros, le *Petit Œuvre d'Amour* était acquis par l'éminent universitaire M. Edouard Herriot. Il en autorisa, aux éditions de l'Antilope, une reproduction parfaite qu'il fit précéder d'une spirituelle préface.

L'éditeur, M. Audin, commence par protester contre la note de M. Guégan :

... M. B. Guégan qui vient lui-même d'éditer chez Garnier les *OEuvres poétiques complètes de Maurice Scève réunies pour la première fois*, écrit à ce propos (suit le texte de la note ci-dessus). Quant à nous, c'est bien réellement « au moment où nous mettons sous presse » qu'arrive ici l'écho des réflexions de M. Guégan. Nous sommes vraiment curieux — j'allais dire anxieux — de connaître les « raisons » de l'éditeur des *OEuvres complètes de Maurice Scève*; mais voyons, voyons: M. Guégan a-t-il vu la bibliographie ancienne qui prête à Maurice Scève le *Petit OEuvre d'Amour* ? (1).

M. Guégan, même, a-t-il vu le *Petit OEuvre d'Amour*, qu'il refuse, lui, peut-être un péu prématurément, à Maurice Scève ?

De son côté, M. Herriot se montre catégorique sur l'attribution à Maurice Scève :

Mon ami, M. Audin, a désiré reproduire ce petit livre dont un hasard heureux m'a fait rencontrer le titre dans un catalogue de la maison Maggs de Londres. On sait que le bibliophile est un être spécialement égoïste (2). Cependant, je n'ai pu résister à la prière du bon imprimeur lyonnais qui défend avec tant de zèle une des plus précieuses traditions de notre cité.

Voici donc livré aux dilettanti le *Petit OEuvre d'Amour*. Ils y rechercheront avec passion le secret de Maurice Scève; ils liront avec émotion l'Epître à sa maîtresse, d'une si

(1) Le seul bibliographe ancien, Du Verdier, qui cite le *Petit OEuvre d'Amour* ne le donne pas à Maurice Scève. On verra plus loin qu'il en ignore l'auteur. Seul, Prosper Blanchemain l'attribue à Scève.

(2) Peut-être, pas toujours, mais le bibliographe est le contraire de l'égoïste. Il n'a qu'un souci, celui de répandre ses découvertes... quand il en fait.

ardente sincérité ; peut-être nous révéleront-ils ce que signifie l'acrostiche *Galliotle* qui accompagne tel huictain. Sans nul doute, cette publication contribuera à éclaircir une figure séduisante, mais encore voilée d'ombre.

C'est merveille, en effet, d'observer que le poète Maurice Scève gagne chaque jour en crédit près des lettrés délicats. Naguère, nous pouvions établir à l'aide de nos archives consulaires que Maurice Scève a bien rédigé cette entrée officielle de Henri II, qui valut à Lyon de si belles fêtes dans le style de la Renaissance, la représentation d'une charmante comédie de Bibbiena et les éloges enthousiastes de Brantôme. Plus récemment encore, M. Valéry Larbaud marquait, avec force et finesse tout ensemble, ce que doit la poésie anglaise à notre écrivain. Les fêtes du quatrième centenaire de Pétrarque ont rappelé l'attention sur le jeune homme qui prétendit découvrir, dans une chapelle d'Avignon, pour la plus grande émotion de François Ier, la tombe de Laure.

Scève est mêlé au plus intime de l'histoire poétique française du XVIe siècle. Tous les contemporains lui témoignent un profond respect ; ceux-là même qui lui reprochent son obscurité louent l'élévation de sa pensée et l'originalité de sa forme. A travers des complications discutables luisent des vers immortels comme une rose jaillit d'un fourré. Nous inclinons à penser qu'il y a dans son œuvre toute une part d'imitation ; qu'il fut, avant tout, un pétrarquiste ou, pour mieux préciser, un strambottiste. On ne le comprend que si l'on connaît la littérature italienne ét si l'on sait à quel point le Lyon du XVIe siècle fut pénétré de l'influence du glorieux pays voisin.

Mais il se dégage de ses imitations elles-mêmes une personnalité fort attachante. Et, si l'on osait risquer une comparaison — à bien des égards incomplète —, peut-être pourrait-on dire qu'en un temps où Héroët, l'Héroët de la *Parfaite amie*, et Louise Labé font déjà songer à Verlaine ; il y a dans son œuvre, dans ce lyrisme concentré jusqu'à la quintessence, comme une première esquisse de Mallarmé.

On voit que M. Edouard Herriot n'a nulle hésitation sur la paternité de Scève ; l'existence de la devise *Non si, non la* lui suffit. Il néglige l'autre devise : *Ainsi ou non*, étrangère à Maurice Scève.

L'assertion de M. Guégan — quoique dénuée de preuves — a créé un doute. Nous allons tenter de le dissiper, en examinant successivement :

1° Les devises utilisées par Scève;

2° Le problème bibliographique du *Petit Œuvre d'Amour ;*

3° L'examen du contenu de ce livret.

I

Scève s'est caché sous deux devises : *Souffrir non souffrir* et *Non si, non la* (1).

Souffrir non souffrir.

Au bas d'un huitain des ff. prél. de la *Déplourable fin de Flamette*, trad. de Jean de Flores, *Lyon, 1535* (Souffrir se ouffrir).

Au bas d'un huitain de *Délie* (2), *Lyon, 1544* (Souffrir non souffrir).

A la fin de son poème *La Saulsaye, églogue de la vie solitaire, Lyon, 1547* (id.).

Non si, non la.

Au bas d'un sonnet dans les *Œuvres de Louise Labé, Lyon, 1555*.

Au bas d'un sonnet qui suit son poème *Microscome, Lyon, 1562*.

(1) Cette devise avait déjà été prise par Guillaume de Byssipat, seigneur de Hanaches.

(2) *Délie* a été l'objet d'une excellente édition critique, celle de M. Eugène Parturier, publiée dans la *Collection des Textes français modernes ;* elle est précédée d'une savante introduction et les emblèmes de l'édition originale ont été reproduits.

Au bas d'un sonnet des ff. prél. du *Traicté des Loix abrogées, de Philibert Bugnyon, Lyon, 1563.*

En résumé, Scève se sert de la devise *Souffrir non souffrir* de 1535 à 1550 et de la devise *Non si, non la* de 1551 à 1563.

Or le *Petit Œuvre d'Amour* est de 1537.

II

Du Verdier est le seul bibliographe qui mentionne le *Petit Œuvre d'Amour :*

Le Petit Œuvre d'Amour, et Gaige d'amytié, *Contenant plusieurs dits amoureux, traduits du Grec ou Latin en rime françoise ; et sur la fin est décrite en prose l'histoire de Titus et de Gisippus* (1), imprimé à Paris, in-8, par Jean Barbe d'orge, 1537.

Ce titre, *plus étendu que celui de l'édition originale,* montre que Du Verdier a parcouru le volume qui contenait également l'*Histoire de Titus et de Gisippus* et il n'a pas douté qu'elle fût du même auteur. C'est d'ailleurs probable, mais on peut admettre que le libraire jugeant la plaquette du *Petit Œuvre d'Amour* trop mince, l'a renforcée des quelques cahiers de l'*Histoire de Titus et de Gisippus.* Le fait n'est pas sans précédent au xvie siècle et... plus tard. En tout cas, cette adjonction vient plutôt à l'encontre de l'hypothèse Scève, et retenons, en passant, le lieu d'impression *Paris* et non *Lyon.*

(1) La Monnoye croit qu'il s'agit de la traduction de François Habert. C'est une erreur. L'édition originale de celle-ci est de 1551.

III

Préalablement à l'examen de l'œuvre prétendue de
Scève, assurons-nous si antérieurement ou postérieu-
rement à 1537 le poète lyonnais y avait fait allusion.
Le résultat *négatif* à cet égard de notre enquête, s'est
trouvé *affirmatif* dans... le sens contraire.

En effet Visagier, l'ami de Scève, dans une de ses
épigrammes latines composée au plus tard en 1536
(*un an avant le Petit Œuvre d'Amour*), nous apprend
que Maurice travaillait déjà à un recueil de dizains
intitulé *Délie* (1), projet réalisé seulement en 1544.

En 1538, cette fois *un an après le Petit Œuvre
d'Amour*, Etienne Dolet reprochait à Scève de négliger
sa propre gloire et il l'engageait « à sortir de l'ombre
et à oser enfin » (2). Vers le même temps Nicolas
Bourbon, de Vendeuvre, interroge le poète et lui
demande pourquoi il ne publie pas ses œuvres (3).

Visagier, Etienne Dolet et Nicolas Bourbon s'op-
posent ainsi formellement à la restitution à Scève du
Petit Œuvre d'Amour dont ils n'auraient certes pas
ignoré l'existence. Et leurs témoignages sont de poids.

Dans son avis « Aux Lecteurs » l'auteur indique

(1) Delia jam Rhodano, jam Glaucia nota Garumnae (*Joannis
Vulteii, remensis epigrammatum libri IIII, Lugduni, 1537,* p. 91).
La dédicace au Cardinal de Lorraine est datée Lugduni X
Calendas August. 1536. Deux autres épigrammes à Scève men-
tionnent Délie, pp. 249 et 256.

(2) *Stephani Doleti Galli Aurelii Carminum libri IV. Lyon,
1538,* p. 32.

(3) *Nicolaï Borbonii, Nugarum libri octo, Lyon, S. Gryphius,
1538,* p. 456.

les sources des pièces de son *Petit OEuvre d'Amour*.
Elles n'ont généralement rien d'original, ce sont tra-
ductions plutôt qu'imitations de poètes grecs, latins
et italiens ; elles peuvent répondre à son état d'esprit
ou n'être que de simples exercices de rhétorique, la
chose est sans importance pour notre sujet :

Amys Lecteurs, ce petit livre contient aucuns dictz
d'Amour. Lesquels la plus part sont traduictz du graec en
Francoys ou prins de litalien : tournez d'autant plus au
veray, qu'ilz sont moins changez et presques renduz mot à
mot.

Il nous entretient ensuite de sa jeunesse :

... Et sil y a riens mal composé ou comprins, qui soit
possible fort jeune et encore trop aspre pour l'oreille plus
meure et délicate d'aucuns : pardonnez à lenfence, et adolescence qu'avons faict, luy donnant accroissement ou meilleur
bien et plus grand fruict. Non quelle agrandisse a tant grand
honneur comme celle de Clément (Marot) (1) qui tous-
jours *comme nous sommes de tous les poètes les plus
paouvres et les moindres*, d'autant il sera de tous le plus
grand, et le meilleur.

Scève né vers 1502, suivant M. Baur, avait 35 ans
en 1537. Il est difficile de croire qu'il sortait de son
« adolescence » et qu'il se considérait « des plus pauvres
et des moindres de tous les poètes » alors qu'il appar-
tenait *à une famille très riche*.
Nous nous refusons à établir des comparaisons entre
les dizains, huitains, etc., du *Petit OEuvre d'Amour* et
les dizains de *Délie*, simplement parce qu'à nos yeux

(1) Allusion à *L'Adolescence Clémentine, contenant les OEuvres
de Clément Marot...*, dont la première édition doit être de 1530.

le rapprochement serait inopérant. L'obscurisme a
sévi au xvɪᵉ siècle en dehors de Scève. Il suffit de jeter
un coup d'œil sur les innombrables petites pièces en
vers non signées de la *Table générale des poésies
anonymes* de notre *Bibliographie des recueils collectifs de
poésies du XVIᵉ siècle* (1) pour s'assurer qu'un certain
nombre d'entre elles sont aussi difficilement compré-
hensibles que celles de *Délie*.

Un seul dizain du *Petit Œuvre d'Amour* : *Hélas,
Amour, tu feiz mal ton debvoir* a été inséré dans les
Fleurs de la poésie françoise, 1542, mais aucun n'est
allé grossir *Délie*.

Maintenant entrons dans l'intimité de l'auteur de
Petit Œuvre d'Amour. Appliquons le proverbe « Dis-
moi qui tu hantes, je te dirai qui tu es ». S'il est exact,
il avancera la solution cherchée.

Quels sont ses amis?

L'abbé de l'Esterpt, A. N., La Goutte (2), Leclerc
et François Sagon.

Nous ignorons tout des quatre premiers. Il en est
autrement de François Sagon. Ce dernier jouit d'une
célébrité plutôt fâcheuse. Nous avons dressé la liste
de ses ouvrages, ils ne renferment ni pièce laudative,
ni épître quelconque émanant de Lyonnais ou envoyées
à des Lyonnais. Arrêtons-nous un instant pour entendre
l'auteur du *Petit Œuvre d'Amour* encenser Sagon :

(1) *Bibliographie des recueils collectifs de poésies du XVIᵉ siècle
(Du Jardin de Plaisance, 1502 aux Recueils de Toussainct Du
Bray, 1607).* Paris, 1922. In-4.

(2) Il ne faut pas confondre ce La Goutte qui a composé
« contre le Livre du Deshonneur des Filles » avec Jean Des-
gouttes dont on lit trois pièces latines dans le *Recueil de vers
latins et vulgaires de plusieurs poètes français composés sur le
trespas de feu Monsieur le Dauphin, Lyon, 1536.*

A M. Franc. SAGON,
secrétaire de monsieur SAINCT EBROULT.

Ton hault scavoir, ton stile mesuré,
Ton carme doulx, ton parler asseuré
Amy Sagon m'a forcé le vouloir
Te présenter l'acquit de mon debvoir
Auquel ne puis toutesfois bien attaindre,
Mais cet escript pourra ma soif estaindre
Et te montrer, que soubz un papier blanc
Se tient caché le cueur loyal et franc
D'un tien amy qui ne peult à moytié
Rendre contant le desir d'amytié,
Si toutesfois le vouloir pour l'effaict
Doibt estre pris, tu seras satisfait
En acceptant pour satisfaction
Non mon pouvoir, mais ma juste affection
Qui vouldroit bien quelque cas pouvoir faire,
Dont par celuy quelque bien peusses traire,
Mais quoy? chacun ne peult estre en pouvoir
Pour satisfaire au desir du vouloir
Dont il fauldra que desir te contente
Cache dessoubs quelque meilleure attente
Et cependant je m'offre à ton service
Comme ton serf et très humble novice.

Cet éloge de Sagon n'a rien de banal. S'il venait de Scève, il serait surprenant. Nous avons vu l'auteur du *Petit Œuvre d'Amour* déclarer qu'il est « des plus pauvres et des moindres de tous les poètes » et voilà qu'il se proclame « le serf et le novice » du Secrétaire de Jean de Brie, abbé de Saint-Evroult :

> Et cependant je m'offre à ton service
> Comme ton serf et très humble novice.

C'est trop d'humilité pour un vrai Lyonnais qui a conscience de sa valeur, d'autant que nous sommes, au moment où la querelle de Marot (Maraud) et de

Sagon (Sagoin) bat son plein ; querelle dans laquelle les amis et les adversaires des deux champions se comptent. Se mettre sous la dépendance de Sagon équivaut à une rupture complète avec Maître Clément.

Or Scève, ami et admirateur de Marot, n'eût pu alors célébrer Sagon sans renier son maître.

Or l'auteur du *Petit Œuvre d'Amour* est l'ami et, en quelque sorte, le féal de Sagon, tout en reconnaissant également le génie poétique de Marot.

Donc toute confusion devient impossible entre Scève et le rimeur du *Petit Œuvre d'Amour*.

La séparation entre eux est aussi nette qu'entre Sagon et Marot :

Il n'a existé aucun point de contact personnel, à partir de 1535, entre ces derniers *non plus qu'entre leurs intimes* dont l'auteur du *Petit Œuvre d'Amour* pour Sagon, et Scève pour Marot.

On ne connaît ni voyage de Sagon à Lyon ni déplacement de Scève à Paris.

Même coupure pour leurs ouvrages :

Tous ceux de Sagon, sans aucune exception, ainsi que le *Petit Œuvre d'Amour* sont édités à *Paris*.

Tous ceux de Scève, sans aucune exception, sont imprimés à *Lyon*.

Avons-nous réussi à grouper des présomptions graves, précises et concordantes qui, en droit, tiennent lieu de preuves? M. Edouard Herriot le dira. Elles établissent que Maurice Scève ne peut être l'auteur du *Petit Œuvre d'amour*. S'il détruit notre argumentation nous n'en éprouverons aucun dépit. Nous n'aurons pas à rougir d'être battu par un tel contradicteur.

CHARTRES. — IMPRIMERIE DURAND, RUE FULBERT (7-1930).

www.ingramcontent.com/pod-product-compliance
Lightning Source LLC
LaVergne TN
LVHW020434060726